SOPA DE LIBROS

© Del texto: Herederos de Juan Ramón Jiménez
© Del texto: Herederos de Federico García Lorca
© Del texto: Rafael Alberti, 1924, 1926, 1941, 1944, 1954, 1964
© De las ilustraciones: Luis de Horna, 1997
© De la selección: Felicidad Orquín, 1997
© Del prólogo: Ana Pelegrín, 1997
© De esta edición: Grupo Anaya, S. A., 1997
Juan Ignacio Luca de Tena, 15. 28027 Madrid

Primera edición, abril 1997; Segunda edición, septiembre 1997
Tercera edición, diciembre 1997; Cuarta edición, febrero 1998
Quinta edición, septiembre 1998

Diseño: Manuel Estrada

ISBN: 84-207-7763-3
Depósito legal: M. 21.396/1998

Impreso en ANZOS, S. A.
La Zarzuela, 6
Polígono Industrial Cordel de la Carrera
Fuenlabrada (Madrid)
Impreso en España - Printed in Spain

Jiménez, Juan Ramón
Mi primer libro de poemas / Juan Ramón Jiménez, Federico
García Lorca, Rafael Alberti ; ilustraciones de Luis de Horna.
— Madrid : Anaya, 1997
112 p. : il. n. ; 20 cm. — (Sopa de Libros ; 1)
ISBN 84-207-7763-3
1. Poesías infantiles. I. García Lorca, Federico, coaut.
II. Alberti, Rafael, coaut. III. Horna, Luis de, il. VI. TÍTULO.
VII. SERIE
860-1

Mi primer
libro de poemas

SOPA DE LIBROS

Juan Ramón Jiménez
Federico García Lorca
Rafael Alberti

Mi primer libro de poemas

Ilustraciones
de Luis de Horna

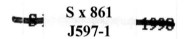

PRÓLOGO

Un libro de poemas tiene una magia parecida a los cuentos maravillosos y de encantamiento; esos cuentos, ¿recuerdas?, donde aparecen varitas de oro que transforman lo que tocan, altas torres con princesas dormidas, voces y peligros agazapados en los bosques, semillas que en la noche crecen y crecen en una planta que se anuda a la nube, se hunde en el cielo...

Los poemas tienen secretas palabras para transformar las cosas, voces dormidas que esperan, palabras germinales que al leerlas crecen en la imaginación, agrandando el entendimiento para escuchar, comprender otros poemas.

Los poemas, cuentos de hechizo, cantos de sentimientos y sentidos, esperan tu lectura para contarte el secreto del corazón de las palabras.

A veces la lectura parece un poco difícil, quizá porque la poesía pide un tiempo especial: si lees de prisa, de un solo trago, corriendo a pillar las letras, el sentido de las palabras se escapa, juega a esconderse. Hay que salir a buscarlas pidiendo tregua.

La tregua en ocasiones consiste en leer en voz alta una y otra vez, en escuchar la voz de otro que recita intentando descubrir el escondite que encierra el ritmo, el calor de las palabras. Dar calor y color, saboreando el rumor, escuchando las pausas y silencios llenos de ecos como acercarse al oído una caracola.

Escuchando y leyendo una y otra vez hasta que queden prendidos en la memoria, los poemas dirán su secreto, tocarán con su varita de oro convirtiendo la letra escrita en canciones con sonidos y silencios, de igual modo que Juan Ramón Jiménez escucha los pájaros lejanos sin saber dónde cantan, Rafael Alberti oye la voz del río que ríe, llora, grita, canta, y Federico García Lorca sabe que es imposible acallar a una guitarra herida cuando llora su pena en medio de la noche andaluza.

Tres grandes poetas andaluces dicen sus poemas en las páginas de este libro, esperando el encuentro, la sensibilidad, en la imaginación del lector.

Los tres poetas de este siglo, Juan Ramón Jiménez, Federico García Lorca y Rafael Alberti, guardan su infancia en la poesía, manteniendo en su emoción a los amigos de entonces, también el diálogo inacabado con los niños de hoy, en las canciones-poemas que escribieron.

Para comunicar su emoción y su sentido, eligen el aire de canción, usando recursos expresivos.

– Repiten palabras y sonidos, arman estribillos: «Si el mirlo liliburlero, / que es lila su lilear, / yo quiero pisar la nieve / azul del jacarandá»; «Mariposa del aire, / qué hermosa eres».

– Ponen un ritmo binario de dos elementos contrarios en movimiento, parecido al ir y venir del columpio: «Por la tarde, ya al subir, / por la noche, ya al bajar»; «Arriba canta el pájaro y abajo canta el agua». Van y vienen de color a color: «¿Es azul, tarde delante? / ¿Es lila, noche detrás?»; «¡Qué miedo el azul del cielo! / ¡Negro!».

– Ponen admiraciones para escuchar suspiros, llantos y tonos diferentes. «La mar no tiene naranjas. / Ay, amor. / Ni Sevilla tiene amor!»; «¡Ay cómo lloran y lloran, ¡ay!, ¡ay!, cómo están llorando!»; «¡Ay qué camino tan largo! / ¡Ay mi jaca valerosa!».

– Juegan con el sonido y las palabras, que corren a cambiar de lugar como en las cuatro esquinas, en diferentes estrofas del poema: «Rosa, pompa, risa».

– Juegan recordando y recogiendo canciones y retahílas de su infancia: «Sillita de oro / para el moro»; «Corre que te pillo, / corre que te agarro»; «A la flor, / a la pitiflor».

– Recrean retahílas encadenadas, diciendo las palabras de un solo tirón, casi sin respirar: «Toma y toma la llave de Roma».

– Arman diálogos simples y llenos de ternura como los de un hermanito pequeño: «Mamá. Yo quiero ser de agua».

El universo de los niños, de la naturaleza cambiante, se aposenta en este *Primer libro de poemas:* el mar, el río, el sol, la luna, los días y las noches, las estaciones encendidas, los pájaros, bichos, animalillos amigos. Entre las imágenes resplandecientes, la luna se pasea por las barandas azules de los andaluces; la mirada se detiene amorosamente señalando en diminutivos su ternura, en los pequeños lagartos que buscan su amuleto perdido, con su traje verde y sus delantalitos blancos.

Al leer estos poemas saltarán las imágenes matizadas en el tono de la voz de cada poeta; te llevarás una alegría descubriendo las llaves mágicas de estos poemas:

«Vaivén»; «Pregón». *Rafael Alberti.*

«Agosto»; «Dos lunas de tarde»; «Paisaje». *Federico García Lorca.*

«Río feliz»; «Iba tocando mi flauta»; «Trascielo del cielo azul». *Juan Ramón Jiménez.*

Este libro es inagotable como las imágenes labradas de estos poetas que siempre estarán llamando al asombro y a tu sensibilidad de lector/oyente. Cada vez que vuelvas a sus páginas, leas y releas hasta que se prendan en tu memoria, verás cómo te llega la imaginación y la inteligencia de las palabras precisas, el ritmo unido a la emoción de la poesía dando nombre a las cosas vistas y sentidas de esa otra manera que es llegar al descubrimiento del latir/sentir poético de Juan Ramón Jiménez, Federico García Lorca y Rafael Alberti.

Ana PELEGRÍN

JUAN RAMÓN JIMÉNEZ

EL PAJARITO VERDE

Morado y verde limón
estaba el poniente, madre.
Morado y verde limón
estaba mi corazón.

¡Verdugones de los golpes
de su rudo corazón!
... Morado y verde limón
estaba el poniente, madre.

TRASCIELO DEL CIELO AZUL

¡Qué miedo el azul del cielo!
¡Negro!
¡Negro de día, en agosto!
¡Qué miedo!
¡Qué espanto en la siesta azul!
¡Negro!
¡Negro en las rosas y el río!
¡Qué miedo!
¡Negro, de día, en mi tierra
—¡negro!—
sobre las paredes blancas!
¡Qué miedo!

ÁLAMO BLANCO

18

Arriba canta el pájaro y abajo canta el agua.
(Arriba y abajo, se me abre el alma.)

Entre dos melodías la columna de plata.
Hoja, pájaro, estrella; baja flor, raíz, agua.
Entre dos conmociones la columna de plata.
(Y tú, tronco ideal, entre mi alma y mi alma.)

Mece a la estrella el trino, la onda a la flor baja.
(Abajo y arriba, me tiembla el alma.)

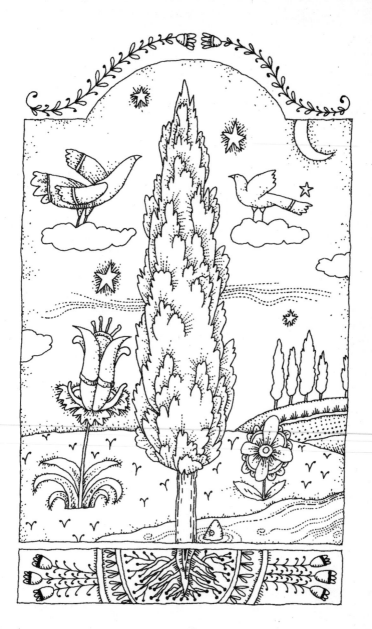

LA VERDECILLA

Verde es la niña. Tiene
verdes ojos, pelo verde.

Su rosilla silvestre
no es rosa, ni blanca. Es verde.

¡En el verde aire viene!
(La tierra se pone verde.)

Su espumilla fuljente
no es blanca, ni azul. Es verde.

¡En el mar verde viene!
(El cielo se pone verde.)

Mi vida le abre siempre
una puertecita verde.

MI CUNA

¡Qué pequeñita es la cuna,
qué chiquita la canción;
mas cabe la vida en ésta
y en aquélla el corazón!
¡Nadie ríe aquí de ver
a este niño grandullón
mecerse, quieto, en su vieja
cuna, a la antigua canción!
—¡Qué pequeñita es mi vida,
qué tierno mi corazón!
¡Éste me cabe en la cuna,
y la vida en la canción!—
¡Cómo se casan los ritmos
de cuna y de corazón!
¡Los dos vuelan por la gloria
en una sola pasión!
¡Qué pequeñita es la cuna,
qué chiquita la canción;
mas cabe la vida en ésta
y en aquélla el corazón!

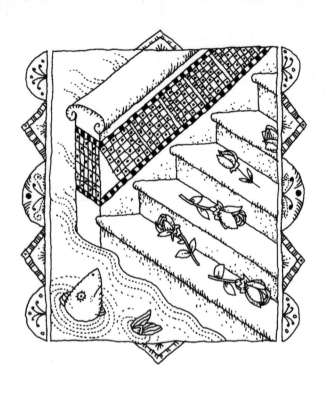

ROSA, POMPA, RISA

Con la primavera
mis sueños se llenan
de rosas, lo mismo
que las escaleras
orilla del río.

Con la primavera
mis rosas se llenan
de pompas, lo mismo
que las torrenteras
orilla del río.

Con la primavera
mis pompas se llenan
de risas, lo mismo
que las ventoleras
orilla del río.

CANCIÓN DE INVIERNO

Cantan. Cantan.
¿Dónde cantan los pájaros que cantan?

Ha llovido. Aún las ramas
están sin hojas nuevas. Cantan. Cantan
los pájaros. ¿En dónde cantan
los pájaros que cantan?

No tengo pájaros en jaulas.
No hay niños que los vendan. Cantan.
El valle está muy lejos. Nada...

Yo no sé dónde cantan
los pájaros —cantan, cantan—
los pájaros que cantan.

SENTIDO Y ELEMENTO

¡El sabor
de los aires con el sol!

¡El frescor
de las piedras con el sol!

¡El olor
de las olas con el sol!

¡El color
de las llamas con el sol!

¡El rumor
de las sangres con el sol!

LLUEVE SOBRE EL CAMPO VERDE...

Llueve sobre el campo verde...
¡Qué paz! El agua se abre
y la hierba de noviembre
es de pálidos diamantes.

Se apaga el sol; de la choza
de la huerta se ve el valle
más verde, más oloroso,
más idílico que antes.

Llueve; los álamos blancos
se ennegrecen; los pinares
se alejan; todo está gris
melancólico y fragante.

Y en el ocaso doliente
surgen vagas claridades
malvas, rosas, amarillas,
de sedas y de cristales...

¡Oh la lluvia sobre el campo
verde! ¡Qué paz! En el aire
vienen aromas mojados
de violetas otoñales.

IBA TOCANDO MI FLAUTA

Iba tocando mi flauta
a lo largo de la orilla;
y la orilla era un reguero
de amarillas margaritas.

El campo cristaleaba
tras el temblor de la brisa;
para escucharme mejor
el agua se detenía.

Notas van y notas vienen,
la tarde fragante y lírica
iba, a compás de mi música,
dorando sus fantasías,

y a mi alrededor volaba,
en el agua y en la brisa,
un enjambre doble de
mariposas amarillas.

La ladera era de miel,
de oro encendido la viña,
de oro vago el raso leve
del jaral de flores níveas;

allá donde el claro arroyo
da en el río, se entreabría
un ocaso de esplendores
sobre el agua vespertina...

Mi flauta con sol lloraba
a lo largo de la orilla;
atrás quedaba un reguero
de amarillas margaritas...

CANCIÓN ESPIRITUAL

¡Ésta es mi vida: la de arriba,
la de la pura brisa,
la del pájaro último,
la de las cimas de oro de lo oscuro!

¡Ésta es mi libertad: oler la rosa,
cortar el agua fría con mi mano loca,
desnudar la arboleda,
cojerle al sol su luz eterna!

RÍO FELIZ

(Aquí no hay nada que ver
porque un barquito que había
tendió la vela y se fue.)

¡Ay, que las barcas no quieren ir!
¡Qué hermosa la tarde!

Sus velas blancas no van, están.
¡Qué hermosa la tarde!

¡El río solo limpio de sol!
¡Qué hermosa la tarde!

Las ondas besan, no hay timonel.
¡Qué hermosa la tarde!

¡Hay barcas quietas en agua luz!
¡Qué hermosa la tarde!

INTELIJENCIA

¡Intelijencia, dame
el nombre exacto de las cosas!
...Que mi palabra sea
la cosa misma,
creada por mi alma nuevamente.
Que por mí vayan todos
los que no las conocen, a las cosas;
que por mí vayan todos
los que ya las olvidan, a las cosas;
que por mí vayan todos
los mismos que las aman, a las cosas...
¡Intelijencia, dame
el nombre exacto, y tuyo,
y suyo, y mío, de las cosas!

ABRIL

(El Día y Robert Browning)

El chamariz en el chopo.
—¿Y qué más?
—El chopo en el cielo azul.
—¿Y qué más?
—El cielo azul en el agua.
—¿Y qué más?
—El agua en la hojita nueva.
—¿Y qué más?
—La hojita nueva en la rosa.
—¿Y qué más?
—La rosa en mi corazón.
—¿Y qué más?
—¡Mi corazón en el tuyo!

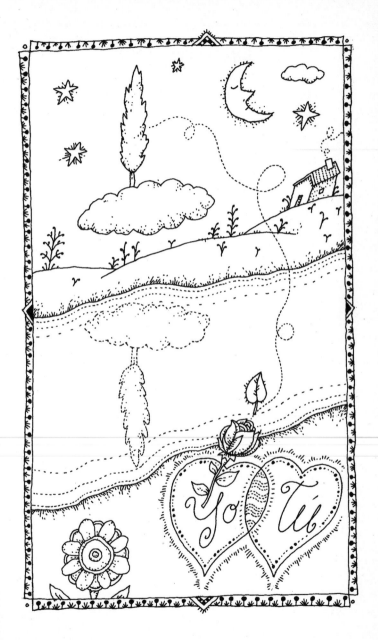

VIENTO DE AMOR

Por la cima del árbol iré
y te buscaré.

Por la cima del árbol he de ir,
por la cima del árbol has de venir,
por la cima del árbol verde
donde nada y todo se pierde.

Por la cima del árbol iré
y te encontraré.

En la cima del árbol se va
a la ventura que aún no está,
en la cima del árbol se viene
de la dicha que ya se tiene.

Por la cima del árbol iré
y te cojeré.

El viento la cambia de color
como el afán cambia el amor,
y a la luz de viento y afán
hojas y amor vienen y van.

Por la cima del árbol iré
y te perderé.

FEDERICO GARCÍA LORCA

CARACOLA

A Natalita Jiménez

Me han traído una caracola.

Dentro le canta
un mar de mapa.
Mi corazón
se llena de agua
con pececillos
de sombra y plata.

Me han traído una caracola.

CANCIONCILLA SEVILLANA

A Solita Salinas

Amanecía
en el naranjel.
Abejitas de oro
buscaban la miel.

¿Dónde estará
la miel?

Está en la flor azul,
Isabel.
En la flor,
del romero aquel.

(Sillita de oro
para el moro.
Silla de oropel
para su mujer.)

Amanecía
en el naranjel.

EL LAGARTO ESTÁ LLORANDO

A Mademoiselle Teresita Guillén
tocando un piano de siete notas

El lagarto está llorando.
La lagarta está llorando.

El lagarto y la lagarta
con delantalitos blancos.

Han perdido sin querer
su anillo de desposados.

¡Ay, su anillito de plomo,
ay, su anillito plomado!

Un cielo grande y sin gente
monta en su globo a los pájaros.

El sol, capitán redondo,
lleva un chaleco de raso.

¡Miradlos qué viejos son!
¡Qué viejos son los lagartos!

¡Ay cómo lloran y lloran,
¡ay!, ¡ ay!, cómo están llorando!

PAISAJE

A Rita, Concha,
Pepe y Carmencica

La tarde equivocada
se vistió de frío.

Detrás de los cristales,
turbios, todos los niños,
ven convertirse en pájaros
un árbol amarillo.

La tarde está tendida
a lo largo del río.
Y un rubor de manzana
tiembla en los tejadillos.

CANCIÓN TONTA

Mamá.
Yo quiero ser de plata.

Hijo,
tendrás mucho frío.

Mamá.
Yo quiero ser de agua.

Hijo,
tendrás mucho frío.

Mamá.
Bórdame en tu almohada.

¡Eso sí!
¡Ahora mismo!

DOS LUNAS DE TARDE

1

A Laurita, amiga de mi hermana

La luna está muerta, muerta;
pero resucita en la primavera.

Cuando en la frente de los chopos
se rice el viento del sur.

Cuando den nuestros corazones
su cosecha de suspiros.

Cuando se pongan los tejados
sus sombreritos de yerba.

La luna está muerta, muerta;
pero resucita en la primavera.

2

A Isabelita, mi hermana

La tarde canta
una *berceuse* a las naranjas.

Mi hermanita canta:
La tierra es una naranja.

La luna llorando dice:
Yo quiero ser una naranja.

No puede ser, hija mía,
aunque te pongas rosada.
Ni siquiera limoncito.
¡Qué lástima!

ADELINA DE PASEO

La mar no tiene naranjas,
ni Sevilla tiene amor.
Morena, qué luz de fuego.
Préstame tu quitasol.

Me pondrá la cara verde
—zumo de lima y limón—,
tus palabras —pececillos—
nadarán alrededor.

La mar no tiene naranjas.
Ay, amor.
¡Ni Sevilla tiene amor!

CANCIÓN DE JINETE

Córdoba.
Lejana y sola.

Jaca negra, luna grande,
y aceitunas en mi alforja.
Aunque sepa los caminos
yo nunca llegaré a Córdoba.

Por el llano, por el viento,
jaca negra, luna roja.
La muerte me está mirando
desde las torres de Córdoba.

¡Ay qué camino tan largo!
¡Ay mi jaca valerosa!
¡Ay que la muerte me espera,
antes de llegar a Córdoba!

Córdoba.
Lejana y sola.

TENGO LOS OJOS PUESTOS

Tengo los ojos puestos
en un muchacho,
delgado de cintura,
moreno y alto.
A la flor,
a la pitiflor,
a la verde oliva,
a los rayos del sol
se peina la niña.

LOS REYES DE LA BARAJA

Si tu madre quiere un rey,
la baraja tiene cuatro:
rey de oros, rey de copas,
rey de espadas, rey de bastos.

Corre que te pillo,
corre que te agarro,
mira que te lleno
la cara de barro.

Del olivo
me retiro,
del esparto
yo me aparto,
del sarmiento
me arrepiento
de haberte querido tanto.

AGOSTO

Agosto.
Contraponientes
de melocotón y azúcar,
y el sol dentro de la tarde,
como el hueso en una fruta.

La panocha guarda intacta
su risa amarilla y dura.

Agosto.
Los niños comen
pan moreno y rica luna.

CORTARON TRES ÁRBOLES

A Ernesto Halffter

Eran tres.
(Vino el día con sus hachas.)
Eran dos.
(Alas rastreras de plata.)
Era uno.
Era ninguno.
(Se quedó desnuda el agua.)

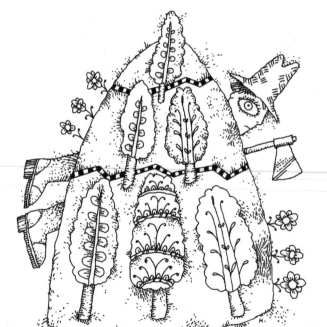

CUANDO SE ABRE EN LA MAÑANA

Cuando se abre en la mañana
roja como sangre está;
el rocío no la toca
porque se teme quemar.

Abierta en el mediodía
es dura como el coral,
el sol se asoma a los vidrios
para verla relumbrar.
Cuando en las ramas empiezan
los pájaros a cantar
y se desmaya la tarde
en las violetas del mar,
se pone blanca, con blanco
de una mejilla de sal;
y cuando toca la noche
blanco cuerno de metal
y las estrellas avanzan
mientras los aires se van,
en la raya de lo oscuro
se comienza a deshojar.

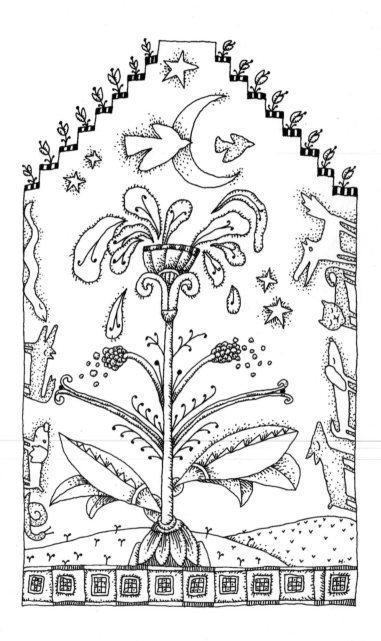

MARIPOSA

Mariposa del aire,
qué hermosa eres,
mariposa del aire
dorada y verde.
Luz de candil,
mariposa del aire,
¡quédate ahí, ahí, ahí!...
No te quieres parar,
pararte no quieres.
Mariposa del aire
dorada y verde.
Luz de candil,
mariposa del aire,
¡quédate ahí, ahí, ahí!...
¡Quédate ahí!
Mariposa, ¿estás ahí?

LA GUITARRA

Empieza el llanto
de la guitarra.
Se rompen las copas
de la madrugada.
Empieza el llanto
de la guitarra.
Es inútil callarla.
Es imposible
callarla.
Llora monótona
como llora el agua,
como llora el viento
sobre la nevada.
Es imposible
callarla.
Llora por cosas
lejanas.
Arena del Sur caliente
que pide camelias blancas.
Llora flechas sin blanco,
la tarde sin mañana,
y el primer pájaro muerto
sobre la rama.
¡Oh guitarra!
Corazón malherido
por cinco espadas.

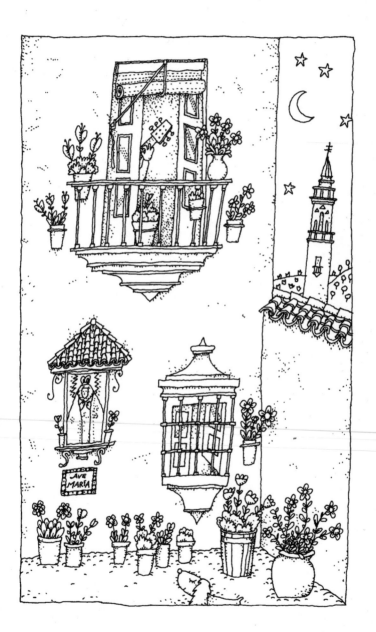

Rafael Alberti

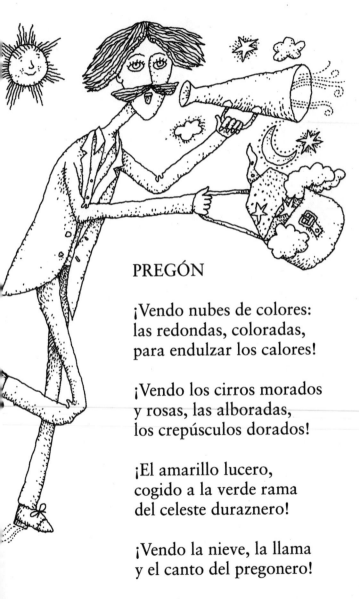

PREGÓN

¡Vendo nubes de colores:
las redondas, coloradas,
para endulzar los calores!

¡Vendo los cirros morados
y rosas, las alboradas,
los crepúsculos dorados!

¡El amarillo lucero,
cogido a la verde rama
del celeste duraznero!

¡Vendo la nieve, la llama
y el canto del pregonero!

ME DIGO Y ME RETEDIGO

Me digo y me retedigo.
¡Qué tonto!
Ya te lo has tirado todo.
Y ya no tienes amigo,
por tonto. Que aquel amigo
tan sólo iba contigo
porque eres tonto.
¡Qué tonto!
Y ya nadie te hace caso,
ni tu novia, ni tu hermano,
ni la hermana de tu amigo,
porque eres tonto.
¡Qué tonto!
Me digo y me lo redigo...

EL MAR, LA MAR

El mar. La mar.
El mar. ¡Sólo la mar!

¿Por qué me trajiste, padre,
a la ciudad?

¿Por qué me desenterraste
del mar?

En sueños, la marejada
me tira del corazón.
Se lo quisiera llevar.

Padre, ¿por qué me trajiste
acá?

BARCO CARBONERO

Barco carbonero,
negro el marinero.

Negra, en el viento, la vela.
Negra, por el mar, la estela.

¡Qué negro su navegar!

La sirena no le quiere.
El pez espada le hiere.

¡Negra su vida en la mar!

SI YO NACÍ CAMPESINO

Si yo nací campesino,
si yo nací marinero,
¿por qué me tenéis aquí,
si este *aquí* yo no lo quiero?

El mejor día, ciudad
a quién jamás he querido,
el mejor día —¡silencio!—
habré desaparecido.

¡TRAJE MÍO, TRAJE MÍO!

¡Traje mío, traje mío,
nunca te podré vestir,
que al mar no me dejan ir!
Nunca me verás, ciudad,
con mi traje marinero.
Guardado está en el ropero,
ni me lo dejan probar.
Mi madre me lo ha encerrado
para que no vaya al mar.

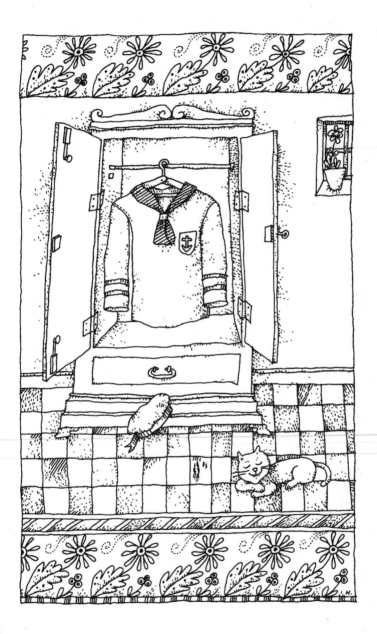

VAIVÉN

Por la tarde, ya al subir,
por la noche, ya al bajar,
yo quiero pisar la nieve
azul del jacarandá.

¿Es azul, tarde delante?
¿Es lila, noche detrás?
Yo quiero pisar la nieve
azul del jacarandá.

Si el pájaro serio canta
que es azul su azulear,
yo quiero pisar la nieve
azul del jacarandá.

Si el mirlo liliburlero,
que es lila su lilear,
yo quiero pisar la nieve
azul del jacarandá.

Ya nieve azul a la ida,
nieve lila al retornar,
yo quiero pisar la nieve
azul del jacarandá.

ROSA-FRÍA,
PATINADORA DE LA LUNA

Ha nevado en la luna, Rosa-fría.
Los abetos patinan por el yelo,
tu bufanda, rizada, sube al cielo,
como un adiós que el aire claro estría.

¡Adiós, patinadora, novia mía!
De vellorí tu falda, da un revuelo
de campana de lino, en el pañuelo
tirante y nieve de la nevería.

Un silencio escarchado te rodea,
destejido en la luz de sus fanales,
mientras vas el cristal resquebrajando...

¡Adiós, patinadora!
                        El sol albea
las heladas terrazas siderales,
tras de ti, Malva-luna, patinando.

SE EQUIVOCÓ LA PALOMA

Se equivocó la paloma.
Se equivocaba.
Por ir al norte, fue al sur.
Creyó que el trigo era agua.
Se equivocaba.

Creyó que el mar era el cielo;
que la noche, la mañana.
Se equivocaba.

Que las estrellas, rocío;
que la calor, la nevada.
Se equivocaba.

Que tu falda era tu blusa;
que tu corazón, su casa.
Se equivocaba.

(Ella se durmió en la orilla.
Tú, en la cumbre de una rama.)

¡A VOLAR!

Leñador,
no tales el pino,
que un hogar
hay dormido
en su copa.

—Señora abubilla,
señor gorrión,
hermana mía calandria,
sobrina del ruiseñor;

ave sin cola,
martín-pescador,
parado y triste alcaraván;

¡a volar,
pajaritos,
al mar!

SE DESPERTÓ UNA MAÑANA

Se despertó una mañana.
Soy la yerba,
llena de agua.
Me llamo yerba. Si crezco,
puedo llamarme cabello.
Me llamo yerba. Si salto,
puedo ser rumor de árbol.
Si grito, puedo ser pájaro.
Si vuelo...
(Hubo temblores de yerba
aquella noche en el cielo.)

CANTO RÍO CON TUS AGUAS

Canto, río, con tus aguas:

De piedra, los que no lloran.
De piedra, los que no lloran.
De piedra, los que no lloran.

Yo nunca seré de piedra.
Lloraré cuando haga falta.
Lloraré cuando haga falta.
Lloraré cuando haga falta.

Canto, río, con tus aguas:

De piedra, los que no gritan.
De piedra, los que no ríen.
De piedra, los que no cantan.

Yo nunca seré de piedra.
Gritaré cuando haga falta.
Reiré cuando haga falta.
Cantaré cuando haga falta.

Canto, río, con tus aguas:

Espada, como tú, río.
Como tú también, espada.
También, como tú, yo, espada.

Espada, como tú, río,
blandiendo al son de tus aguas:

De piedra, los que no lloran.
De piedra, los que no gritan.
De piedra, los que no ríen.
De piedra, los que no cantan.

CREEMOS EL HOMBRE NUEVO

Creemos el hombre nuevo
cantando.
El hombre nuevo de España,
cantando.

El hombre nuevo del mundo,
cantando.

Canto esta noche de estrellas
en que estoy solo, desterrado.

Pero en la tierra no hay nadie
que esté solo si está cantando.

Al árbol lo acompañan las hojas,
y si está seco ya no es árbol.

Al pájaro, el viento, las nubes,
y si está mudo ya no es pájaro.

Al mar lo acompañan las olas
y su canto alegre los barcos.

Al fuego, la llama, las chispas
y hasta las sombras cuando es alto.

Nada hay solitario en la tierra.
Creemos el hombre nuevo cantando.

NOCTURNO

Toma y toma la llave de Roma,
porque en Roma hay una calle,
en la calle hay una casa,
en la casa hay una alcoba,
en la alcoba hay una cama,
en la cama hay una dama,
una dama enamorada,
que toma la llave,
que deja la cama,
que deja la alcoba,
que deja la casa,
que sale a la calle,
que toma una espada,
que corre en la noche,
matando al que pasa,
que vuelve a su calle,
que vuelve a su casa,
que sube a su alcoba,
que se entra en su cama,
que esconde la llave,
que esconde la espada,
quedándose Roma
sin gente que pasa,
sin muerte y sin noche,
sin llave y sin dama.

EL ABURRIMIENTO

Poema escénico

Me aburro.
Me aburro.
Me aburro.
¡Cómo en Roma me aburro!
Más que nunca me aburro.
Estoy muy aburrido.
¡Qué aburrido estoy!
Quiero decir de todas las maneras
lo aburrido que estoy.
Todos ven en mi cara mi gran aburrimiento.

Innegable, señor.
Es indisimulable.
¿Está usted aburrido?
Me parece que está usted aburrido.
Dígame, ¿adónde va tan aburrido?
¿Que usted va a las iglesias con ese aburrimiento?

QVE·ABVRRIDO·ESTOY

No es posible, señor, que vaya a las iglesias
con ese aburrimiento.
¿Que a los museos —dice— siendo tan aburrido?
¿Quién no siente en mi andar lo aburrido que estoy?
¡Qué aire de aburrimiento!
A la legua se ve su gran aburrimiento.
Mi gran aburrimiento.
Lo aburrido que estoy.
Y sin embargo... ¡Oooh!
He pisado una caca...
Acabo de pisar —¡Santo Dios!— una caca...

Dicen que trae suerte el pisar una caca...
Que trae mucha suerte el pisar una caca...
¿Suerte, señores, suerte?
¿La suerte... la... la suerte?
Estoy pegado al suelo.
No puedo caminar.
Ahora sí que ya nunca volveré a caminar.
Me aburro, ay, me aburro.
Más que nunca me aburro.
Muero de aburrimiento.
No hablo más...
                    Me morí.

Índice

FEDERICO GARCÍA LORCA

RAFAEL ALBERTI

Escribieron y dibujaron...

Juan Ramón Jiménez

Quizá fue la belleza del paisaje de Moguer, el pueblo blanco donde nació Juan Ramón Jiménez en 1881, lo que explique su primera vocación por la pintura. Sin embargo, y después de haber empezado a estudiar Derecho en Sevilla, lo dejó todo para dedicarse a escribir, hasta el día de su muerte, en 1958, en Puerto Rico.

La melancolía por la muerte de su padre en 1900 y una enfermedad pulmonar condicionaron su juventud a un deambular por distintos sanatorios e influyeron en su obra, centrada en la indagación de la belleza y la plenitud de lo real.

Al estallar la Guerra Civil española se exilió en Estados Unidos y fue profesor en varias universidades latinoamericanas. En 1956 recibió el Premio Nobel de Literatura.

Federico García Lorca

En Granada hay un pueblecito que se llama Fuentevaqueros, rodeado de viñas, álamos, almendros, olivos... Allí nació Federico García Lorca en 1898. Su madre, que era maestra, enseguida se dio cuenta de que le gustaba mucho la música y le enseñó a tocar el piano. En Madrid, donde estudió Letras y Derecho, se hizo amigo de otros poetas y artistas como Salvador Dalí, Luis Buñuel y Rafael Alberti, que también vivían en la Residencia de Estudiantes. Publicó en 1922 su primer libro de poesía, *Libro de poemas*. Fruto de su importante viaje a Nueva York en 1929, que lo sacó de un período de amarga crisis personal, fue el libro *Poeta en Nueva York*. Escribió obras dramáticas como *Bodas de sangre* y *La casa de Bernarda Alba*, que revolucionaron el teatro español. Murió asesinado el 19 de agosto de 1936, durante la Guerra Civil española.

Rafael
Alberti

Nació una noche de tormenta del año 1902 en el Puerto de Santa María, junto al río Guadalete y al lado del mar. A los quince años, se traslada a Madrid con el deseo de ser pintor y comienza a escribir su primer libro de poesía: *Marinero en tierra*, en el que habla de su nostalgia por el mar y con el que obtuvo el Premio Nacional de Literatura en 1925.

Poco a poco fue dejando su dedicación a la pintura, aunque nunca la abandonó del todo. Tras la Guerra Civil, inicia un largo exilio en Argentina e Italia, que dura hasta 1977. Finalmente regresa a España «como una barca que vuelve sin nunca haber partido», y desde hace unos años vive en el «Puerto» en una casa que se llama *Oda marina*, título de uno de sus libros.

Luis
de Horna

Es un enorme privilegio poder ilustrar la obra de estos tres grandes poetas andaluces. No es la primera vez que dibujo sus palabras, mejor dicho, lo que a mí me sugieren sus palabras. Siempre me ha fascinado la capacidad que tiene el lenguaje de sugerir, de provocar imágenes y sensaciones cuando es manejado por iniciados, por poetas.

Puedo decir que, si hay dos libros manoseados en mi biblioteca, son las obras completas de García Lorca y *Platero y yo,* con unos delicadísimos dibujos de Rafael Álvarez Ortega.

Mi juventud, un tanto solitaria, se sumergió en sus páginas, que me dieron luz, alas para imaginar otro mundo azul y luminoso, esa Andalucía soñada y no conocida entonces. Dos de mis años jóvenes transcurrieron en Londres, triste ciudad de penumbras y nieblas. Andalucía significaba la patria perdida, la luz añorada, el color que no estaba, la Jerusalén suspirada. Después vivíría en Sevilla estudiando Bellas Artes, y nada de lo intuido a través de esos libros me decepcionó.

Si algo he pretendido con estas ilustraciones, es mantener vivo el espíritu de los poetas (aunque sabéis que para eso no hacen falta imágenes impresas) y ofrecer mi humilde modo de ver a través de sus ensoñaciones. Os pido perdón porque, si os gustan los dibujos, cuando releéis alguno de estos poemas, los recordaréis visualmente a través de lo que un entrometido admirador materializó con su plumilla.